STAR WARS
MW01629128
7 Histoires pour la semaine
hachette
JEUNESSE

Responsable éditoriale : Adélaïde Lebuy
Responsable artistique : Pauline Ortlieb
Adaptation française : Laurent Laget
Mise en page : Charlotte Thomas
Fabrication : Marine Wiplier

Édité par Hachette Livre – 58, rue Jean Bleuzen – 92178 Vanves Cedex
Imprimé par Macrolibros en Espagne – Achevé d'imprimer : juin 2020
ISBN : 978-2-01-708396-2 – Édition : 01 – Dépôt légal : juin 2020
Loi n°49-956 du 16 juillet 1949 sur les publications destinées à la jeunesse.

Pour tout renseignement concernant nos parutions, nous contacter par e-mail : disney@hachette-livre.fr

SOMMAIRE

Je suis un Jedi .... Page 4

Un nouvel espoir .... Page 20

L'Empire contre-attaque .... Page 38

Le Retour du Jedi .... Page 56

Le Réveil de la Force .... Page 74

Les Derniers Jedi .... Page 92

Nous sommes la résistance ! .... Page 110

STAR WARS

★ LUNDI ★

JE SUIS UN JEDI

Je suis un Jedi. Je suis le gardien de la paix et de la justice.

Le pouvoir des Jedi vient de la Force, une énergie créée par tous les êtres vivants. La Force relie tout ce qui existe dans la galaxie.

Un Jedi peut utiliser la Force pour courir vite, sauter haut...

... ou influencer les faibles d'esprit.

Les Jedi portent une cape. Certains sont grands.

D'autres sont petits. Sans importance est la taille.

L'arme des Jedi est le sabre-laser.

C'est une épée spéciale qui peut tout couper.

Un jeune Jedi en formation s'appelle un Padawan. Avant de devenir Chevalier Jedi, un Padawan doit apprendre la voie de la Force avec un Maître Jedi.

La peur et la haine peuvent mener vers le côté obscur de la Force.

Avant, Anakin Skywalker était un puissant Jedi.
Il a cédé au côté obscur.

Il est devenu Dark Vador, Seigneur noir des Sith.

Les Sith sont les ennemis des Jedi. Ce sont des guerriers malfaisants qui sèment la terreur.
À la fin de leur vie, tous les Jedi ne font qu'un avec la Force.

Aimerais-tu être un Jedi, toi aussi ?

STAR WARS

UN NOUVEL ESPOIR

Il y a bien longtemps, dans une galaxie lointaine, très lointaine...

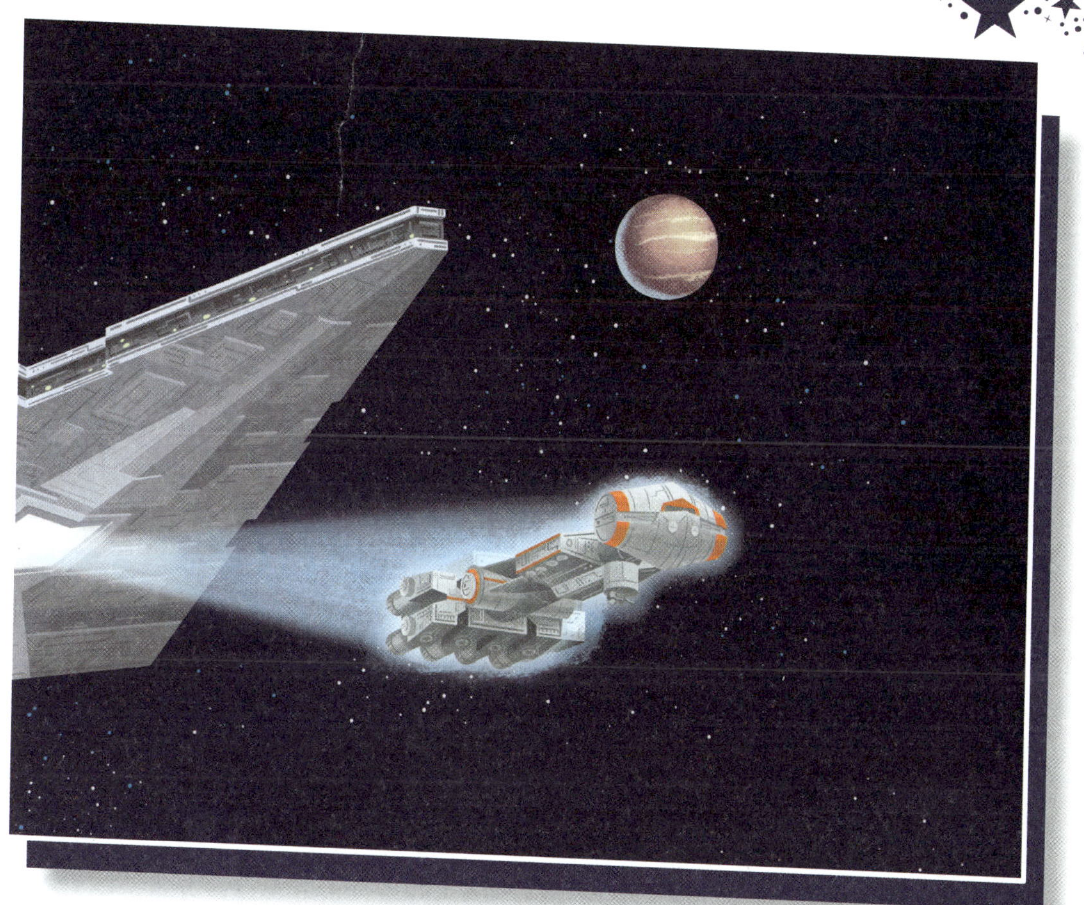

Une terrible guerre fait rage entre l'Alliance Rebelle, dirigée par la courageuse princesse Leia, et le terrible Empire Galactique.

Capturée par l'Empire, Leia cache un message dans le petit droïde R2-D2. R2-D2 et son ami C-3PO ont juste le temps de s'enfuir avant l'arrivée du commandant des forces impériales, l'inquiétant Dark Vador !

Heureusement, les deux robots sont recueillis par le jeune Luke Skywalker. En nettoyant R2-D2, le jeune homme fait apparaître le message de la princesse Leia :

— Au secours, Obi-Wan Kenobi, vous êtes mon seul espoir !

Luke se précipite alors chez Obi-Wan et découvre la vérité : le vieil homme était un Chevalier Jedi, comme son père, et maîtrisait la Force.

— La Force est l'énergie qui donne aux Jedi leur pouvoir, explique-t-il.

Obi-Wan offre à Luke le sabre-laser qui appartenait à son père.

— J'apprendrai à maîtriser la Force pour devenir un Jedi comme mon père ! annonce Luke avec fierté.

Mais les deux hommes ont besoin d'un vaisseau pour aller secourir la princesse. Ils rencontrent un pilote, Han Solo, et son copilote, un Wookiee du nom de Chewbacca.

— Mon vaisseau est le tas de ferraille le plus rapide de toute la galaxie ! annonce Han.

À bord du *Faucon Millenium*, Luke et ses amis filent à la vitesse de la lumière vers l'Étoile de la Mort, mais le vaisseau est capturé par le puissant rayon tracteur de la station spatiale géante.

Sur l'Étoile de la Mort, pendant que Luke et ses amis se cachent des soldats de l'Empire, R2-D2 se branche sur un ordinateur et découvre que la princesse Leia est prisonnière sur la station !

Déguisés en Stormtroopers, Luke et Han menottent Chewbacca comme s'il était leur prisonnier pour tromper leurs ennemis.
Luke trouve rapidement la princesse Leia :
— Je viens à votre secours ! dit-il en retirant son casque.

Les héros s'enfuient, mais Dark Vador les attend.
— Quand je vous ai quitté, j'étais votre disciple. Aujourd'hui, je suis le maître ! lance Vador à Obi-Wan avant de le défier.
Le vieux Jedi perd le duel et disparaît...

Luke et ses amis ont réussi à s'échapper. Avec les autres Rebelles, ils décident de détruire l'Étoile de la Mort. Même si Han ne les accompagne pas, il leur souhaite bonne chance :

— Luke, que la Force soit avec toi !

Les X-Wings des Rebelles mitraillent l'Étoile de la Mort, sans réussir à l'endommager.
Soudain, Dark Vador apparaît aux commandes d'un chasseur TIE, les vaisseaux de l'Empire.

Vador est sur le point d'abattre le X-Wing de Luke, mais le *Faucon Millenium* arrive juste à temps.

— La route est dégagée, crie Han Solo. Détruis cet engin et rentrons !

Luke entend la voix d'Obi-Wan :

— Fais appel à la Force !

Le jeune homme ferme alors les yeux et tire.

Dans le mille ! L'Étoile de la Mort explose.

Luke Skywalker et ses amis deviennent des héros. Ils sont acclamés par la princesse Leia et les Rebelles. Leur combat contre l'Empire et Dark Vador n'est pas terminé, mais la Force sera toujours avec eux.

STAR WARS

★MERCREDI★

L'EMPIRE CONTRE-ATTAQUE

Il y a bien longtemps, dans une galaxie lointaine, très lointaine...

Après la destruction de l'Étoile de la Mort, l'Empire veut se venger. Les Rebelles se cachent sur la planète de glace Hoth.

Près de leur base, après avoir détruit un drone impérial, Han comprend que l'Empire va bientôt passer à l'attaque. De son côté, Luke a une vision de son ancien mentor, Obi-Wan Kenobi :

— Va voir Yoda. C'est le Maître Jedi qui m'a tout appris.

Comme Han l'avait deviné, les forces impériales se lancent bientôt à l'assaut de la base rebelle. Les TB-TT, des robots géants, avancent dans la neige. Les lasers des vaisseaux ne peuvent rien contre ces machines ! Soudain, Luke a une idée : il enroule son câble autour de leurs pattes pour les faire trébucher.

Han Solo, Leia, Chewbacca et C-3PO courent vers le *Faucon Millenium*, mais le vaisseau ne démarre pas !

— Vous voulez peut-être que je sorte pour pousser ? demande Leia.

Heureusement, le *Faucon* décolle juste au moment où Dark Vador arrive.

Luke s'est aussi enfui et a enfin trouvé le puissant Maître Yoda. Ce dernier accepte de lui enseigner la Force. L'entraînement est difficile : Luke court, saute et se balance sur des lianes… avec Yoda sur son dos !

Mais voilà que le X-Wing de Luke s'enfonce dans les marais. Le garçon essaye de le soulever par la Force, sans succès.

— Fais-le, ou ne le fais pas. Il n'y a pas d'essai, déclare Yoda.

Le petit Jedi vert ferme alors les yeux, lève la main et... soulève le vaisseau de Luke !

Pendant ce temps, Dark Vador veut absolument retrouver les Rebelles. Il recrute des chasseurs de primes. Le plus dangereux de tous est l'impitoyable Boba Fett.

Han Solo se rend dans la Cité des Nuages. Il espère que son vieil ami, Lando Calrissian, pourra les aider.

Lando accueille ses amis chaleureusement, mais quelque chose cloche... Dark Vador et Boba Fett sont arrivés avant eux et les attendent !

De l'autre côté de la galaxie, Luke sent une perturbation dans la Force. Il sait que Han et Leia sont en danger.

— Luke, tu ne dois pas partir ! le prévient Yoda.

Mais le jeune homme veut aider ses amis.

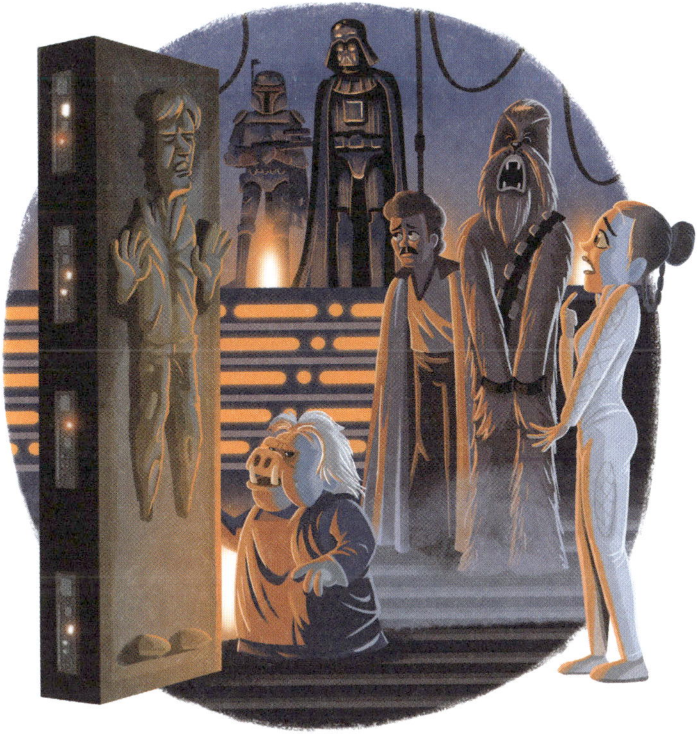

Dans la Cité des Nuages, Han Solo est congelé dans la carbonite. Boba Fett l'emmène, tandis que Dark Vador prépare son piège pour Luke Skywalker.

Luke arrive finalement et défie Dark Vador. Zip ! Zap ! Leurs sabres-laser projettent des étincelles. Le Seigneur noir essaye de convaincre Luke de rejoindre le côté obscur de la Force.

— Jamais ! assure Luke.

Avant de battre le jeune Jedi, Vador lui révèle un terrible secret :

— Je suis ton père. Ensemble, nous pourrons régner sur la galaxie.

— Nooooon ! crie Luke en sautant dans le tunnel sans fond.

Heureusement, il parvient à s'accrocher de justesse à une girouette dans sa chute et utilise la Force pour appeler au secours. Pendant ce temps, Lando aide Leia, Chewbacca et les droïdes à s'échapper à bord du *Faucon*. Ils sauvent Luke et quittent la Cité des Nuages.

Luke et ses amis rejoignent les Rebelles. Ils sont en sécurité, pour l'instant, mais ils doivent encore libérer Han Solo et vaincre le terrible Dark Vador...

STAR WARS

LE RETOUR
DU JEDI

Il y a bien longtemps, dans une galaxie lointaine, très lointaine...

La guerre fait toujours rage entre l'Empire Galactique et l'Alliance Rebelle. Le héros de la rébellion, Han Solo, a été capturé par Boba Fett et livré à l'horrible gangster Jabba le Hutt.

Luke, Leia et Lando, ainsi que les robots R2-D2 et C-3PO, réussissent à délivrer Han. Les compères s'enfuient de la tanière du monstre, mais sont poursuivis par les chasseurs de primes.

Après un combat acharné, Han projette Boba Fett dans la gueule d'un serpent géant. Burp !

De l'autre côté de la galaxie, Dark Vador, le père de Luke, organise la construction d'une nouvelle Étoile de la Mort pour détruire les Rebelles. La station est protégée par un bouclier sur la planète Endor.

Luke retourne chercher conseil auprès de Yoda.

— Il y a un autre Skywalker, murmure le vieux Maître Jedi avant de disparaître.

Le fantôme d'Obi-Wan Kenobi apparaît et lui révèle que la princesse Leia est sa sœur !

De leur côté, les Rebelles établissent un plan pour détruire l'Étoile de la Mort. Han devra désactiver le bouclier sur Endor, tandis que Lando mènera l'attaque dans l'espace.

— Bonne chance, lance Han. Tu vas en avoir besoin.

Luke et ses compagnons arrivent dans la forêt d'Endor. Ils aperçoivent des Scout Troopers en patrouille.

— Va chercher de l'aide, vite ! s'écrie un soldat.

Mais Luke et Leia parviennent à empêcher les Scout Troopers de donner l'alerte. Sur leur chemin, ils rencontrent d'adorables créatures poilues, les Ewoks !

Avec l'aide des ingénieux Ewoks, les Rebelles se débarrassent des gardes impériaux. Han, Leia et Chewbacca profitent de l'occasion pour désactiver le bouclier de l'Étoile de la Mort.

Pensant pouvoir le ramener du bon côté de la Force, Luke décide de se rendre à Dark Vador.

— Je sais qu'il y a du bon en vous, dit Luke.

Mais le sinistre Empereur ne l'entend pas de cette oreille. Il oblige le père et son fils à se battre ! ZOUM !

Le jeune Jedi remporte le combat. Il refuse toutefois de tuer Dark Vador.

— Si tu ne deviens pas l'un des nôtres, tu seras éliminé ! prévient l'Empereur en lançant des éclairs de ses doigts.

Dark Vador ne supporte pas de voir son fils souffrir. Avec ses dernières forces, il soulève l'Empereur et le jette dans un réacteur !

— Il faut que je vous sauve, s'exclame le jeune homme.

— Tu l'as déjà fait, Luke.

Pendant ce temps, la bataille fait rage dans l'espace. Aux commandes du *Faucon Millenium*, Lando Calrissian fonce vers le cœur de l'Étoile de la Mort.

Les Rebelles ont détruit le réacteur principal. Les pilotes ont tout juste le temps de s'éloigner de la station géante avant qu'elle n'explose.

L'Empire Galactique est vaincu ! C'est la fête dans toute la galaxie, de Tatooine à Endor. Les Ewoks dansent, Chewbacca rugit et R2-D2 bipe de joie. Luke est heureux et la Force est enfin en paix.

STAR WARS

VENDREDI

LE RÉVEIL DE LA FORCE

Il y a bien longtemps, dans une galaxie lointaine, très lointaine…

Trente ans après la chute de l'Empire, l'armée du Premier Ordre menace de conquérir la galaxie. La Résistance, menée par Leia Organa, charge le pilote Poe Dameron de retrouver le dernier Jedi, Luke Skywalker.

Poe trouve la carte menant à Luke, mais il est capturé par les forces du Premier Ordre. Par chance, son droïde BB-8 est secouru par une jeune femme, Rey.

— Mais demain matin, tu t'en vas ! lui dit-elle.

Sur la base du Premier Ordre, le redoutable Kylo Ren utilise la Force pour soutirer des informations à Poe. Heureusement, le soldat FN-2187 vient à son aide. Ce Stormtrooper ne veut plus se battre pour le mal.

Les deux hommes s'échappent à bord d'un vaisseau ennemi.

— Je t'appellerai Finn, ça te va ? propose Poe.

Hélas, ils s'écrasent sur la planète Jakku. Finn tombe par un heureux hasard sur BB-8 avant d'être attaqué par des Stormtroopers.

Rey le conduit à un vieux vaisseau de transport alors que des chausseurs TIE du Premier Ordre sont à leurs trousses. Rey prend les commandes et Finn s'installe au poste de tir. Les héros s'échappent dans l'espace.

Pendant que Finn explique à Rey qu'il est en mission spéciale pour la Résistance, leur vaisseau endommagé est soudainement attiré par un rayon tracteur à l'intérieur d'un gigantesque cargo !

Le trio se cache, mais il est rapidement découvert par Han Solo et son copilote, Chewbacca, les héros de l'Alliance Rebelle !

— Chewie, on est à la maison ! se réjouit Han en reconnaissant son vieux *Faucon Millenium*.

Kylo, de retour sur la base Starkiller, fait son rapport à son maître, le Suprême Leader Snoke.

— Si Skywalker revient, le nouvel Ordre Jedi verra le jour, gronde Snoke.

Avant de rejoindre la Résistance, Han se rend chez Maz Kanata, une extraterrestre qui vit dans un château. Celle-ci offre à Rey un cadeau unique et précieux : le sabre-laser de Luke Skywalker.

Toutefois, un espion du Premier Ordre donne l'alerte ! Les Stormtroopers attaquent. Après un combat acharné, Rey est finalement capturée par Kylo Ren.

Au quartier général de la Résistance, la générale Leia Organa prépare un plan pour sauver Rey et détruire Starkiller. Han et Finn vont se faufiler dans la base et déposer des charges explosives.

Alors qu'ils s'apprêtent à repartir, ils croisent le chemin de Kylo Ren. Le Chevalier de Ren retire son masque : c'est Ben Solo, le fils de Han et Leia ! Sans pitié, il pousse son père dans le vide.

Les héros filent dans la forêt, traqués par Kylo. Un duel au sabre-laser commence entre lui et Rey, en qui la Force s'est réveillée. Cependant, l'effondrement de la base Starkiller les sépare.

Chewbacca aide Finn et Rey à partir à bord du *Faucon*. Pendant ce temps, Poe et son escadron mitraillent Starkiller et détruisent la base du Premier Ordre ! Boooum !

Grâce à la carte que cachait BB-8, Rey se rend auprès de Luke Skywalker et lui donne son sabretiret laser. La Force s'est réveillée, et la jeune Rey sait que l'avenir lui réserve encore de nombreuses surprises.

STAR WARS

★ SAMEDI ★

LES DERNIERS JEDI

Il y a bien longtemps, dans une galaxie lointaine, très lointaine...
Le terrible Premier Ordre s'apprête à conquérir la galaxie ! La Résistance se dresse sur son chemin et compte sur Luke Skywalker, le dernier Jedi, pour la sauver.

Le Premier Ordre est dirigé par Kylo Ren sous les ordres du Suprême Leader Snoke, ancien élève de Luke passé du côté obscur. Avec ses sbires, ils ont mis au point un traceur capable de trouver les Rebelles.

L'ancien Stormtrooper Finn fait la rencontre d'une technicienne, Rose.

— Vous êtes Finn ? Le grand Finn ? Le héros de la Résistance ? s'émerveille-t-elle.

Ensemble, ils élaborent un plan pour désactiver le traceur du Premier Ordre.

Pendant ce temps, Luke accepte de devenir le Maître de Rey. Il lui apprend tout ce qu'il sait sur la Force. La jeune femme découvre qu'elle peut communiquer avec Kylo Ren et espère le ramener du bon côté.

Rose et Finn trouvent un expert en piratage, DJ, pour désactiver le traceur du Premier Ordre.

— Les systèmes de codage du Premier Ordre et moi, c'est une vieille histoire, annonce DJ.

Rey, qui s'inquiète pour ses amis, quitte Luke et se rend sur le vaisseau du Premier Ordre. Là, Kylo Ren et le Suprême Leader Snoke l'attendent.

— Approche, petite, grogne Snoke en l'attirant à lui grâce à la Force.

Dans le même temps, DJ accompagne Rose et Finn sur le vaisseau de Snoke. Mais avant qu'ils ne réussissent à désactiver le traceur, ils sont capturés par les Stormtroopers.

Les héros semblent perdus, lorsqu'un gigantesque robot TS-TT apparaît : c'est BB-8 qui est venu sauver ses compagnons !

Non loin de là, Rey et Kylo réussissent à battre Snoke et ses gardes.

— Rey, unissons nos forces pour instaurer un nouvel ordre dans la galaxie, propose Kylo, essayant de l'attirer vers le côté obscur.

— Ne suis pas cette voie..., l'implore Rey avant de s'enfuir.

La Résistance a eu beau se réfugier dans une base abandonnée sur la planète Crait pour se mettre à l'abri, l'armée du Premier Ordre arrive pour les attaquer.

À bord du *Faucon Millenium*, Rey et Chewbacca parviennent à repousser les ennemis pendant que les Résistants se cachent dans une mine.

Alors que tout semble perdu, une silhouette apparaît : Luke Skywalker est arrivé pour aider la Résistance ! Kylo est furieux et l'attaque au sabre-laser.

— Je ne serai pas le dernier Jedi, prévient Luke.

Les derniers résistants en profitent pour s'échapper, mais ils sont bloqués par des rochers, Rey parvient à soulever les obstacles grâce à la Force. Tout le monde est libre !

Soudain, pendant son duel avec Kylo, Luke disparaît ! Le Maître Jedi était sur son île depuis le début ! Il avait projeté une illusion pour faire diversion. Mais il a épuisé toute son énergie et s'unit à la Force.

Les survivants s'échappent alors à bord du *Faucon*.

— Comment rebâtir une Résistance ? demande Rey.

— Nous avons l'essentiel, répond Leia en désignant leurs amis.

Ensemble, les héros pourront ramener la paix dans la galaxie.

STAR WARS

•DIMANCHE•

NOUS SOMMES
LA RÉSISTANCE !

Nous sommes la Résistance. Nous nous battons pour libérer la galaxie du maléfique Premier Ordre.

Le Premier Ordre est une armée puissante. Il a détruit la République, bonne et juste, et a pris le contrôle de toute la galaxie. Parfois, la Résistance doit se battre avec des armes…

... mais elle se bat aussi avec des paroles et des actes. Elle montre aux autres comment défendre ce qui est juste. Finn était un stormtrooper, mais il a choisi de quitter le Premier Ordre, le seul système qu'il connaissait, pour venir en aide à Poe, un pilote de la Résistance.

La pilleuse d'épaves Rey a aidé un droïde perdu, BB-8, à compléter sa mission pour la Résistance. La Résistance est brave, loyale et généreuse. Elle aide les plus démunis.

La Résistance lutte toujours contre les oppresseurs.

Même quand tout espoir semble perdu, elle ne renonce jamais.

Petite ou grande, la Résistance se fait des amis partout où elle va. Chewbacca s'est lié d'amitié avec de minuscules créatures nommées Porgs, et BB-8 s'est fait un nouvel ami appelé D-O.

La Résistance accueille tout le monde, quel que soit son origine ou son physique.

Le Premier Ordre se sert de la haine et de la peur pour contrôler la galaxie.

Leurs armes sont gigantesques et destructrices.

Mais la Résistance se bat avec courage, même lorsque tout semble perdu d'avance contre un ennemi aussi puissant. Elle s'efforce de protéger la galaxie dans n'importe quelles conditions : depuis les déserts les plus arides…

... aux confins les plus glacials de l'espace.

La Résistance se bat aux côtés de vieux alliés et essaie d'en recruter d'autres pour se joindre au combat.

Parfois, la galaxie peut sembler sombre et effrayante.

Mais avec l'aide de loyaux amis, ces héros possèdent tout ce dont ils ont besoin. Ils sont la Résistance !